예언자

Kahlil Gibran

명자을
읽고
쓰다

예언자

Kahlil Gibran

칼릴 지브란 이산 옮김

명자욱을
일고
쓰다

토닥

Contents

배가 오다

The Coming Of The Ship

알 무스타파, 선택받은 자이며 사랑받은 자, 자기 시대의 여명이던 그는 오르팰리스 시에서 열두 해 동안 기다렸다. 자신이 태어난 섬으로 데려다줄 배가 돌아오기를.

열두 번째 되던 해, 수확의 달 이엘룰의 일곱 번째 날에 그는 성 밖의 언덕에 올라 바다 쪽을 바라보다가, 안개와 함께 배가 다가오는 것을 보았다.

그러자 마음 문이 활짝 열리고 기쁨은 바다 건너로 날아갔다. 그는 눈을 감고 고요한 영혼으로 기도했다.

• • •

그러나 언덕을 내려오자 슬픔이 밀려왔다. 그는 마음속으로 생각했다. 내 어찌 평화로이 슬픔도 없이 떠날 수 있으랴.

아니, 내 어찌 영혼의 상처 하나 없이 이 도시를 떠날 수 있으랴.

내가 이 도시에서 보낸 고통의 나날은 길었고, 외로움의 밤도 길었다. 누가 고통이나 외로움에 대한 회한도 없이 떠날 수 있으랴.

이 거리거리에 흩어진 내 영혼의 수많은 조각들, 그리고 이 언덕들 사이를 벌거벗은 채 배회하던 수많은 내 열망의 자식들, 내 어찌 아픔 없이 홀가분하게 떠날 수 있으랴.

내가 오늘 벗어 버리는 것은 옷이 아니라 내가 내 손으로 벗기는 살 갗이다.

내가 남겨 두고 떠나야 하는 것은 사색이 아니라 갈증과 배고픔에 익숙해진 나의 마음이다.

• • •

이제 나는 머무를 수 없다.

모든 것을 자기 품속으로 부르는 저 바다가 나를 부른다. 나는 배에 올라야 한다.

비록 시간이 밤새 불타오른다 해도 머무르는 것은 얼어붙는 것이며, 딱딱하게 굳는 것이며, 틀에 갇히는 것이기 때문이다.

여기에 있는 모든 것과 기꺼이 함께 가고 싶다. 그러나 내 어찌 그럴 수 있으랴.

목소리를 날려 보내는 것이 혀와 입술이지만, 그 소리가 입술과 혀를 데려갈 수는 없다.

목소리는 홀로 자기 공간을 찾아가야 한다.

태양을 가로질러 나는 독수리도 둥지를 버리고 홀로 날아야 한다.

. . .

그는 언덕 기슭에 이르자 다시 바다를 향해 돌아섰다. 그는 배가 항구로 다가오는 것을 보았다. 고향에서 온 선원들이 뱃머리에 서 있는 배가.

. . .

그의 영혼이 그들을 향해 외치자 그가 말했다.

내 오랜 어머니의 아들들이여, 물결의 흐름을 타고 온 자들이여, 그대들은 얼마나 자주 내 꿈속을 항해했던가. 그대들은 내가 깨어 있을 때 왔다. 나의 한층 더 깊은 꿈인 깨어 있을 때.

나는 떠날 준비가 되었다. 나의 열망은 돛을 잔뜩 펴고 바람을 기다린다.

내 이곳의 고요한 대기 속에 한 번만 더 숨을 쉬고, 한 번만 더 다정한 눈길로 돌아보리라.

그러면 나는 그대들 속에 서 있게 되리라. 뱃사람 중에 뱃사람인 그대들 한가운데.

그대, 드넓은 바다여, 잠들지 않는 어머니여,

홀로 강과 시냇물에게 평화와 자유를 주는 바다여,

이제 이 시냇물이 한 번만 더 굽이돌면, 이 습지에서 한 번만 더 속

삭이면,

나는 그대에게 가리라. 한없이 작은 물방울 하나가 한없이 큰 바다로.

· · ·

걸어가면서 그는 저 멀리서 남자들과 여자들이 들과 포도밭을 떠나 도시의 성문 쪽으로 서둘러 가는 것을 보았다.

그는 자기 이름을 부르는 그들의 목소리, 그리고 배가 오는 것을 전하느라 들에서 들로 외치는 소리를 들었다.

· · ·

그는 자신에게 말했다.

헤어지는 날이 모이는 날이 되는가.

내 저녁이 실은 내 새벽이었다고 말할 것인가.

밭고랑에 쟁기를 두고 오는 저들, 포도 짜는 바퀴를 멈추고 오는 저들에게 나는 무엇을 줄 것인가.

내 마음이 열매 가득 달린 나무가 되어 그들에게 그 열매를 나누어 줄 것인가.

샘처럼 흘러넘치는 내 바람으로 그들의 잔을 가득 채워 줄 것인가.

나는 전능한 이의 손이 연주하는 현악기, 혹은 그의 숨결이 안을 스

쳐 지나가는 피리 아닌가.

나는 지금껏 침묵을 찾아다니는 자가 아닌가. 그렇다면 침묵 속에서 내가 무슨 보물을 찾아내어 저들에게 자신 있게 나누어 줄 것인가.

오늘이 수확하는 날이라면 나는 씨를 어느 들에 뿌렸으며, 어느 기억하지 못하는 계절에 뿌린 것인가.

지금 이 시간이 진정 내가 등불을 높이 들 시간이라 해도, 그 속에서 타오를 불꽃은 나의 불꽃이 아니다.

나는 텅 비고 어두운 등을 들어 올릴 뿐, 밤의 파수꾼이 그곳에 기름을 채우고 불을 켜리라.

· · ·

이런 것들을 그는 말로 했으나 그의 가슴속에는 말하지 못한 것이 많이 남았다. 그 자신도 더 깊은 자신의 비밀을 말로는 할 수 없었기 때문이다.

· · ·

그가 도시로 들어가자 모든 시민들이 그를 만나러 모였다. 그리고 한목소리로 그를 크게 불렀다.

도시의 원로들이 그를 막아서며 말했다.

아직 우리를 떠나지 마십시오.

당신은 우리가 어스름에 머물렀을 때 한낮의 빛이었고, 당신의 젊음은 우리에게 꿀 수 있는 꿈을 주셨습니다.

당신은 우리에게 이방인도 손님도 아닙니다. 우리의 아들이고 우리가 깊이 사랑하는 분입니다.

아직 우리의 눈이 당신 얼굴을 그리워하는 고통을 겪게 하지 마십시오.

· · ·

그러자 남녀 사제들도 그에게 간청했다.

지금 바다 물결이 우리를 갈라놓게 하지 마십시오. 그리하여 당신이 우리와 함께 지낸 날들을 기억으로 남게 하지 마십시오.

당신 영혼은 우리와 함께 거닐었고, 당신 그림자는 우리 얼굴에 비치는 빛이었습니다.

우리가 얼마나 당신을 사랑했는지요. 우리의 사랑을 말로 표현하지 못하고 베일에 가려졌을 뿐.

하지만 이제는 우리의 사랑을 당신에게 소리 높여 외치며 당신 앞에 나타내 보이겠습니다.

사랑은 언제나 이별의 시간이 오기까지 그 깊이를 모르는 법이지 않습니까.

· · ·

그러자 다른 사람들도 나와 그에게 간청했다.

하지만 그는 대답하지 않았다. 고개를 숙이고 있을 뿐. 가까이 있는 사람들은 그의 눈물이 가슴에 떨어지는 것을 보았다.

그런 다음 그와 사람들은 사원 앞에 있는 광장으로 나아갔다.

· · ·

그때 신전에서 한 여인이 걸어 나왔다. 이름은 알미트라, 여자 예언자다.

그는 한없이 다정스런 눈길로 그 여인을 바라보았다. 그가 이 도시에 온 지 하루밖에 되지 않았을 때 가장 먼저 찾아와 그를 믿은 사람이 그녀였기 때문이다.

· · ·

그 여인은 그를 기쁘게 맞이하며 말했다.

모든 것의 끝을 탐구하는 신의 예언자여, 당신은 당신의 배를 찾아 그 먼 거리를 헤매셨습니다.

이제 배가 왔으니, 당신은 떠나셔야 합니다.

당신의 기억 속에 있는 땅, 당신의 더 큰 소망이 머무는 그곳에 대한 그리움이 깊으시니, 우리의 사랑으로 당신을 묶어 놓지 못하며, 우리의 바람으로 당신을 붙잡지 못합니다.

하지만 부탁이 있으니 우리를 떠나기 전에, 당신이 깨달은 진리를 우리에게 말씀해 주십시오.

그러면 우리는 그 진리의 말씀을 자손들에게 전하고, 그 자손들이 그들의 자손들에게 전해, 영원히 사라지지 않도록 하겠습니다.

당신은 홀로 떨어져 우리 나날을 지켜보셨고, 우리가 잠 속에서 울고 웃는 소리를 깨어서 들으셨습니다.

그러니 이제 우리 자신에게 우리를 드러내 보여 주시고, 탄생과 죽음 사이에서 당신이 본 모든 것들을 우리에게 말씀해 주십시오.

· · ·

그러자 그가 대답했다.

오르팰리스 시민들이여, 지금 그대들 영혼을 움직이는 것 말고 내가 무슨 말을 할 수 있겠는가.

사랑에 대하여

On Love

알미트라가 말했다. '우리에게 사랑에 대해 말씀해 주십시오.'

그가 얼굴을 들어 사람들을 바라보았다. 사람들 사이에 침묵이 흘렀다. 그는 큰 목소리로 말했다.

사랑이 그대에게 손짓하여 부르거든 그 사랑을 따라가라.

비록 그 길이 힘들고 험할지라도.

사랑의 날개가 그대를 껴안거든 그 날개에 온몸을 내맡겨라.

비록 깃털 사이에 숨은 칼이 그대에게 상처를 입힐지라도.

사랑이 그대에게 말하거든 그 말을 믿어라.

비록 북풍이 정원을 황무지로 만들듯이 사랑의 목소리가 그대의 꿈을 산산이 부술지라도.

• • •

　사랑은 그대에게 면류관을 씌우기도 하지만 그대를 십자가에
못 박기도 하리라.

　사랑은 그대를 성숙하게도 하지만 그대를 잘라 버리기도 하
리라.

　사랑은 그대의 꼭대기에 올라가 햇빛에 떠는 가장 여린 가지
를 어루만지기도 하지만

　그대의 뿌리로 내려가 대지에 붙지 못하게 흔들어 대기도 하
리라.

• • •

　사랑은 곡식 단처럼 그대를 자신에게 거두어들인다.

　사랑은 그대를 타작해 알몸으로 만든다.

　사랑은 그대를 키질하여 껍질을 떨어낸다.

　사랑은 그대를 흰 가루로 빻는다.

　사랑은 부드러워질 때까지 그대를 반죽한다.

그런 다음 사랑은 그대를 자신의 신성한 불에 올려놓는다. 그
대가 신의 신성한 향연을 위한 신성한 빵이 되도록.

· · ·

사랑은 이 모든 일을 그대에게 행할 것이다. 그대가 마음의
비밀을 깨닫도록. 그 깨달음으로 그대가 '생명'의 가슴에 한 부
분이 되도록.

· · ·

그러나 그대가 만일 두려움 속에서 평화로운 사랑과 사랑의
즐거움만 찾으려 한다면,

그대는 차라리 그대의 알몸을 가리고 사랑의 타작마당에서
나가는 것이 좋으리라.

거기서 나가 계절도 없는 세상으로 들어가라. 그대가 웃어도
진정 웃는 게 아니고, 울어도 진정 우는 게 아닌 세상으로.

· · ·

    사랑은 그 자신밖에는 아무것도 주지 않으며, 그 자신밖에는
아무것도 받지 않는다.

    사랑은 소유하지도 소유되지도 않는다.

    사랑은 오직 사랑으로 충분하기 때문이다.

· · ·

    그대가 사랑할 때 '신은 내 마음속에 있다'고 말하지 마라. 그
보다 '나는 신의 마음속에 있다'고 말하라.

    그리고 그대가 사랑의 길을 안내할 수 있다고 생각하지 마라.
그대가 가치 있다면 사랑이 그대의 길을 안내하리라.

· · ·

    사랑은 스스로 채우는 것 외에 다른 바람을 품지 않는다.

    그러나 사랑하면서도 바람을 품지 않을 수 없다면 다음의 것
들이 그대의 바람이 되게 하라.

부드럽고 맑기를. 그리하여 밤을 노래하며 흘러가는 시냇물처럼 되기를.

지나친 다정함의 고통을 알게 되기를.

그대 스스로 사랑을 이해함으로써 상처 받기를.

그리하여 기꺼이 그리고 즐겁게 피 흘리게 되기를.

새벽에 일어나 숭고한 마음으로 또 하루 사랑할 수 있는 날에 감사하기를.

한낮에는 쉬면서 사랑의 황홀한 기쁨에 대해 묵상하기를.

저물녘에는 감사하는 마음으로 집에 돌아오기를.

그런 다음 사랑하는 이를 위해 마음으로 기도하며 입술로 찬미의 노래를 부르며 잠들게 되기를.

결혼에 대하여

On Marriage

알미트라가 다시 물었다. '스승이여, 결혼은 무엇입니까.'

그가 대답했다.

그대들은 함께 태어났으니, 영원히 함께 있으리라.

죽음의 흰 날개가 그대들의 삶을 흩어 버릴 때도 그대들은 함께 있으리라.

그렇다. 신의 고요한 기억 속에서도 그대들은 영원히 함께 있으리라.

그러나 함께 있되 거리를 두라.

그리하여 하늘에서 불어오는 바람이 그대들 사이에서 춤추게 하라.

· · ·

서로 사랑하라. 그러나 사랑으로 구속하지는 마라.

그보다 그대들 영혼의 기슭 사이에 출렁이는 바다를 놓아
두라.

서로 잔을 채워 주되 한쪽 잔만 마시지 마라.

서로 빵을 주되 한쪽 빵만 먹지 마라.

함께 노래하고 춤추며 즐거워하되 서로는 혼자 있게 두라.

같은 음악을 울릴지라도 현악기 줄들이 혼자 있듯이.

· · ·

그대들 가슴을 주라. 그러나 서로 내맡기지는 마라.

오직 생명의 손길이 그대들 가슴을 품을 수 있으니.

함께 서 있어라. 그러나 너무 가까이 있지는 마라.

사원의 기둥도 서로 떨어져 있고, 참나무와 향나무는 서로의
그늘 속에서 자랄 수 없으니.

아이들에 대하여

On Children

아기를 품에 안은 여인이 말했다. '우리에게 아이들에 대해
말씀해 주십시오.'

그가 말했다.

그대의 아이들은 그대의 아이들이 아니다.

아이들은 자신의 삶을 열망하는 '생명'의 아들딸이다.

그들은 그대를 거쳐 왔을 뿐 그대에게서 온 것이 아니요,

그대와 함께 있을지라도 그대의 소유가 아니다.

• • •

그대는 아이들에게 그대의 사랑은 주되 그대의 생각까지 주려고 하지는 마라.

아이들도 자기 생각이 있으니.

그대는 아이들 육신의 집일 수 있으나 영혼의 집은 아니다.

아이들의 영혼은 그대가 가 볼 수도 없고 꿈조차 꿀 수 없는 내일의 집에 사니.

그대가 아이들같이 되려고 애쓰는 것은 좋으나, 아이들을 그대와 같이 만들려고 애쓰지는 마라.

생명은 뒷걸음질 치지도 어제에 머무는 법도 없으니.

그대는 활이다. 날아가는 화살처럼 그대의 아이들을 앞으로 가게 하는.

활 쏘는 이는 무한의 길 위에 과녁을 겨누고, 자신의 화살이 빨리 그리고 멀리 갈 수 있도록 그대를 당겨 구부린다.

그대는 활 쏘는 이의 손에 당겨 구부러지는 것을 기뻐하라.

그는 날아가는 화살을 사랑하는 것처럼, 굳센 활 또한 사랑하니.

주는 것에 대하여

On Giving

이어서 한 부자가 말했다. '우리에게 주는 것에 대해 말씀해 주십시오.'

그가 대답했다.

그대가 가진 것을 주는 것은 주는 것이 아니다.

참으로 주는 것은 그대 자신을 주는 것이다.

그대가 가진 것이란 무엇을 위한 것인가. 그저 내일 부족할까 두려워 간직하고 지키는 것이 아닌가.

또 내일이란 무엇인가. 성지로 가는 순례자를 따라가다 발자 국도 남지 않는 모래에 뼈를 묻어 두는 걱정 많은 개에게 내일 이 무엇을 주겠는가.

또 부족할까 두려워하는 것은 무엇인가. 그 두려움 자체가 부족함 아닌가.

그대 우물에 물이 가득 찼는데 목마를까 두려워한다면 그 목마름은 영영 풀 수 없는 것 아닌가.

• • •

많은 것을 가졌으나 인색한 자가 있다. 그들은 주어도 남들이 알아주기 바라는 마음에서 준다. 그 숨은 욕망은 그 선물마저 불순한 것으로 만들어 버린다.

또 가진 것은 적으나 가진 것을 다 주는 이들이 있다.

그들은 생명과 생명의 무한한 베풂을 믿는 이들로, 그들의 금고는 결코 비는 법이 없다.

기쁘게 주는 이들이 있으니, 그 기쁨은 그들이 받는 보상이다.

아프게 주는 이들이 있으니, 그 고통은 그들이 받는 세례다.

또 주어도 고통을 모르고 기쁨을 찾지 않으며 덕을 베푼다는

마음가짐도 없이 주는 이들이 있다.

그들은 저 골짜기에서 신령스런 나무가 허공에 향기를 날리듯 준다.

신은 그들의 손으로 말하고, 그들의 눈 뒤에서 대지를 향해 미소 짓는다.

· · ·

부탁을 받고 주는 것은 좋다. 하지만 부탁 받기 전에 먼저 헤아려서 주는 것이 더 좋다.

그리고 아낌없이 주는 이에게는 받을 자를 찾는 기쁨이 주는 기쁨보다 크다.

그대가 움켜쥐려는 것은 무엇인가.

그대가 가진 모든 것은 언젠가 다 주어야 할 것을.

그러므로 지금 주라. 주는 때가 그대 상속자의 것이 아니라 그대의 것이 되게 하라.

· · ·

그대들은 자주 말한다. '나는 주리라, 오직 받을 자격이
있는 자에게.'

그대 과수원의 나무도, 그대 목장의 양 떼도 결코 그렇게 말
하지 않는다.

그들은 자기가 살려고 준다. 움켜쥐는 것은 죽는 것이기 때문
이다.

낮과 밤을 맞이할 자격이 있는 사람이면 당연히 그대에게 무
엇이든 받을 자격이 있다.

생명의 큰 바닷물을 마실 가치가 있는 사람이면 그대의 작은
개울물로 자기 잔을 채울 가치가 있다.

또 받아 주는 그 용기와 자신감, 아니 받아 주는 그 자비보다
값진 보상이 무엇인가.

남의 가슴을 찢고 자존심을 벗겨 그들의 적나라한 가치와
뻔뻔한 자존심을 보려고 하는 그대는 누구인가.

먼저 보라, 그대가 줄 자격이 있는지, 줄 그릇이 되는지.

사실 생명이 생명에게 주는 것이다. 스스로 주는 자라고 여길지 모르나 그대는 증인일 뿐이다.

· · ·

그대들 받는 자여—그대들 모두 받는 자—감사의 무게를 짊어지지 마라. 그대와 주는 이에게 멍에를 씌우지 않도록.

그보다 주는 이와 함께 그의 선물을 날개 삼아 날아올라라.

그대가 진 빚에 지나치게 마음을 쓰는 것은 아낌없는 대지를 어머니로, 신을 아버지로 둔 이의 후한 마음씨를 의심하는 것이기 때문이다.

먹고 마시는 것에 대하여

On Eating and Drinking

이어서 늙은 여관 주인이 말했다. '우리에게 먹고 마시는 것에 대해 말씀해 주십시오.'

그가 말했다.

그대가 오직 햇빛으로 살아가는 식물처럼 대지의 향기로 살 수 있다면.

그러나 그대는 먹기 위해 죽여야 하고, 목마름을 없애기 위해 갓난아이에게서 어미의 젖을 빼앗아야 한다. 그러므로 그 행위를 예배가 되게 하라.

그대의 식탁을 제단으로 삼고 그 위에서 숲과 들판의 순수하고 무고한 것들이 인간의 더 순수하고 더 무고한 것들을 위한 희생이 되게 하라.

· · ·

그대가 짐승을 죽일 때는 마음속으로 말하라.

'너를 죽이는 그 힘에 나 또한 죽음을 당하고, 나 또한 먹히리라. 너를 내 손에 넘긴 그 법칙이 더 힘 센 손에 나를 넘길 것이므로.

너의 피와 나의 피는 하늘 나무의 수액일 뿐이다.'

· · ·

그대가 사과를 한입 베어 물 때도 마음속으로 말하라.

'너의 씨앗은 내 몸에 살 것이며,

내일을 위한 너의 싹은 내 가슴속에 피어나리라.

그리고 너의 향기는 나의 숨결이 되고,

우리는 함께 온 계절을 누리리라.'

· · ·

가을에 그대가 포도주를 짜기 위해 포도밭에서 포도를 따 모을 때도 마음속으로 말하라.

'나 또한 포도밭과 같으니, 내 열매도 포도주를 짜기 위해 거두어지리라.

그런 다음 새 포도주처럼 영원의 그릇 속에 담기리라.'

겨울이 되어 그 포도주를 따를 때면, 잔마다 그대 마음속에서 노래하게 하라. 그리고 그 노래에는 가을날과 포도밭과 포도주를 짜던 추억이 있게 하라.

일에 대하여

On Work

이어서 한 농부가 말했다. '우리에게 일에 대하여 말씀해 주십시오.'

그가 말했다.

그대가 일하는 것은 대지 그리고 대지의 영혼과 발걸음을 맞추기 위해서다.

왜냐하면 게으름을 피우는 것은 계절의 이방인이 되는 것이고, 무한을 향한 자랑스러운 복종이자 그 장엄한 행진인 생명의 행렬에서 벗어나는 것이기 때문이다.

· · ·

일할 때 그대는 그대의 심장을 통해 시간의 속삭임을 음악으로 바꾸는 피리다.

모두 화음을 이루어 노래할 때, 누가 소리를 못 내는 조용한 갈대가 되려고 하겠는가.

· · ·

그대는 언제나 일이란 형벌이며 노동은 불행이라는 말을 들었다.

그러나 나는 그대에게 말한다. 그대는 일할 때 대지의 가장 깊은 꿈 한 조각을 이룬 것이다. 그 꿈이 생겨날 때 그대 몫으로 정해진 꿈의 조각을.

그대는 노동함으로써 삶을 진정 사랑할 수 있으며,

일을 통해 삶을 사랑하는 것이 삶의 가장 깊은 비밀에 다가가는 길이다.

· · ·

그러나 그대 삶이 괴로운 나머지 태어남을 고통이라 하고 육신을 지탱하는 일을 그대 이마에 쓰인 저주라 한다면 나는 대답하리라. 그대 이마에 흐르는 땀만이 그 저주를 씻어 낼 것이라고.

• • •

그대는 또 삶은 어둠이라는 말을 들어 왔다. 그리고 삶에 지쳤을 때 그대는 삶에 지친 자들이 한 그 말을 되뇌었다.

그러나 나는 말한다. 사실은 열정 없는 삶이 어둠이고,

지식 없는 열정은 맹목이라고.

노동 없는 지식은 헛되고,

사랑 없는 노동은 공허한 것이라고.

그대가 사랑으로 일할 때 자신을 스스로에게 묶는 것이고, 그대들을 서로에게 묶는 것이며, 신에게 묶는 것이다.

• • •

그렇다면 사랑으로 일한다는 것은 무엇인가.

그것은 그대 심장에서 실을 뽑아 옷감을 짜는 것이다. 마치 사랑하는 이가 그 옷을 입을 것처럼.

그것은 애정으로 집을 짓는 것이다. 마치 사랑하는 이가 그 집에 살 것처럼.

그것은 정성껏 씨를 뿌려 기쁘게 거둬들이는 것이다. 마치 사랑하는 이가 그 열매를 먹을 것처럼.

그것은 그대가 만든 모든 것에 그대 영혼의 숨결을 불어넣는 것이다.

그리하여 모든 축복받은 고인들이 곁에 서서 그대를 지켜보고 있음을 깨닫는 것이다.

• • •

나는 그대들이 잠꼬대처럼 말하는 것을 흔히 들었다. 대리석을 조각하며, 그 돌 속에서 자기 영혼의 모습을 발견하는 이는 밭을 가는 자보다 고상하며,

무지개를 잡아 화폭에 인간의 형상을 그려 내는 이는 우리의 발을 위해 신발을 만드는 자보다 위에 있다고.

그러나 나는 잠꼬대가 아니라 한낮의 활짝 깨어 있는 정신으로 말한다. 바람은 큰 참나무라고 해서 가장 작은 풀잎보다 더 다정하게 속삭이지 않는다고.

자신의 사랑으로 바람 소리를 더 다정한 노래로 바꾸는 자만이 홀로 위대하다고.

• • •

일은 사랑을 눈으로 볼 수 있게 나타내는 것이다.

그대가 사랑이 아니라 싫어하는 마음으로 일할 수밖에 없다면, 차라리 일을 떠나 사원 문 앞에 앉아 기쁘게 일하는 이들에게 구걸하는 게 나으리라.

그대가 무관심으로 빵을 굽는다면, 그대는 사람의 배고픔을 반밖에 채우지 못하는 쓴 빵을 굽는 것이기 때문이다.

그대가 원한에 차서 포도를 으깬다면, 그대의 원한이 스며들

어 포도주 속에 독이 될 것이기 때문이다.

그대가 천사처럼 노래해도 그 노래를 사랑하지 않는다면, 그대는 사람들의 귀를 막아 낮의 소리와 밤의 소리를 듣지 못하게 하는 것이기 때문이다.

기쁨과 슬픔에 대하여

On Joy and Sorrow

한 여인이 말했다. '우리에게 기쁨과 슬픔에 대해 말씀해 주십시오.'

그가 대답했다.

그대의 기쁨은 가면을 벗은 슬픔이다.

그대의 웃음이 피어나는 그 우물은 때로 그대의 눈물로 채워졌다.

어찌 그렇지 않겠는가.

슬픔이 그대 속을 깊이 파낼수록 그대는 더 많은 기쁨을 담을 수 있으니.

그대의 포도주를 담는 잔은 도공의 가마에서 구워진 그 잔

이 아닌가.

그대의 영혼을 달래는 피리는 칼로 파낸 그 나무가 아닌가.

그대가 기쁠 때, 그대 가슴속 깊은 곳을 들여다보라. 그러면 발견하리라. 그대에게 슬픔을 준 것이 기쁨을 주고 있음을.

그대가 슬플 때, 다시 그대 가슴속을 들여다보라. 그러면 깨달으리라. 그대에게 기쁨을 준 것 때문에 지금 그대가 운다는 사실을.

· · ·

어떤 이는 말한다. 기쁨은 슬픔보다 위대하다고. 또 어떤 이는 말한다. 아니라고, 슬픔이 더 위대하다고.

하지만 내 그대에게 말한다. 그 둘은 뗄 수 없는 것이다.

그 둘은 함께 온다. 하나가 그대와 함께 식탁에 앉아 있을 때, 다른 하나는 그대의 침대에 잠들어 있음을 기억하라.

· · ·

진실로 그대는 슬픔과 기쁨 사이에 저울처럼 매달려 있다.

오직 그대가 텅 비어 있을 때 그대는 멈추고 균형을 이룬다.

'보물지기'가 자신의 금과 은을 저울에 달고자 그대를 들어 올릴 때, 그대의 기쁨과 슬픔은 올라가거나 내려가지 않을 수 없다.

집에 대하여

On Houses

석공이 앞으로 나와서 말했다. '우리에게 집에 대해 말씀해 주십시오.'

그가 말했다.

도시에 집을 짓기 전에 황야에 그대가 상상하는 오두막을 지어라.

저녁 어스름에는 집으로 돌아오듯이, 먼 곳을 홀로 떠돌던 그대 안의 방랑자가 돌아올 수 있도록.

그대의 집은 그대의 큰 몸이다.

그 집은 햇빛 아래에서 자라며 밤의 고요 속에서 잠든다. 그리고 꿈을 꾼다.

그대의 집은 꿈꾸지 않는가. 꿈꾸며 도시를 떠나 숲이나 언덕을 향해 가지 않는가.

• • •

그대들 집을 내 손에 그러모아 숲과 풀밭에 씨 뿌리듯 뿌릴 수 있다면.

골짜기는 그대들의 길이 되고, 숲길은 그대들의 오솔길이 되어, 포도밭 사이로 찾아다니다, 그대들 옷깃에 대지의 향기를 품고 돌아올 수 있다면.

그러나 그럴 수 있으려면 아직 멀었다.

그대들 조상은 두려움 때문에 그대들을 너무 가까이 모아 놓았다. 그 두려움은 조금 더 오래 지속되리라. 성벽은 그대들의 집을 들판에서 조금 더 오래 떼어 놓으리라.

• • •

그러니 내게 말해 보라. 오르팰리스 시민들이여, 그 집 안에 그대들이 가진 것이 무엇인가.

문을 잠그고 그대들이 지키는 것은 무엇인가.

그대들에게 평화가 있는가. 그대들의 힘을 보여 주는 말 없는 열정인 평화가.

그대들에게 기억이 있는가. 마음의 봉우리들 사이에서 희미하게 빛나던 둥근 다리에 대한 기억이.

그대들에게 아름다움이 있는가. 나무와 돌로 만들어진 집에서 성스러운 산으로 그대의 심장을 인도하는 아름다움이.

내게 말해 보라. 이런 것들이 그대들 집 안에 있는가.

그렇지 않으면 그대는 단지 안락을 찾는가. 안락을 욕망하는가. 손님으로 들어와서 주인이 되고 마침내 지배자가 되는, 저 도둑 같은 안락을.

· · ·

그렇다. 안락은 조련사가 되어 갈고리와 채찍으로 그대들을 더 큰 욕망의 꼭두각시로 만든다.

그 욕망의 손길은 비단결이어도 가슴은 무쇠로 만들어졌다.

안락은 침대 곁에 서서 그대가 잠들도록 달래 주며 육체의 존엄을 비웃는다.

안락은 그대의 건강한 감각을 조롱하며 깨지기 쉬운 그릇인 듯 부드러운 엉겅퀴 갓털 속에 뉘어 놓는다.

진실로 안락을 갈망하는 것은 영혼의 열정을 죽이는 것이며, 웃는 얼굴로 장례 행렬에 들어가는 것이다.

· · ·

하지만 그대, 우주의 자식, 휴식처에서도 쉬지 않는 그대, 안락의 덫에 걸리지 말고 길들여지지도 마라.

그대의 집은 닻이 아니라 돛이 되게 하라.

상처를 감추는 반짝이는 막이 아니라 눈을 지키는 눈꺼풀이 되게 하라.

그대는 문으로 지나가려고 날개를 접지 말고, 천장에 부딪히지 않으려고 머리를 숙이지 말며, 벽이 갈라져 무너지지 않을까 하여 숨 쉬기를 두려워하지 마라.

　그대는 죽은 자가 산 자를 위해 만든 무덤 속에서 살지 마라.

　또 아무리 웅장하고 화려해도 집이 그대의 비밀을 지키게 하지 말고, 그대의 열망을 쉬게 하지 마라.

　그대 안에 사는 무한한 것은 하늘의 집에 살기 때문이다. 아침 안개가 문이며, 밤의 노래와 고요가 창인 하늘의 집에.

옷에 대하여

On Clothes

이어서 베 짜는 직공이 말했다. '우리에게 옷에 대해 말씀해 주십시오.'

그가 대답했다.

그대의 옷은 그대의 아름다움은 많이 가리면서도 그대의 아름답지 못한 것은 가리지 못한다.

그대는 옷으로 은밀한 자유를 찾으려 하지만 그것이 멍에고 사슬이라는 것을 깨달으리라.

옷을 덜 입고 살갗을 더 내놓아 그대가 해와 바람을 만날 수 있다면.

생명의 숨결은 햇빛에 있고 생명의 손길은 바람에 있기 때문이다.

. . .

그대들 중 어떤 이는 말한다. '옷을 짜 입게 한 것은 북풍이다.'

나도 말한다. 그렇다. 그것은 북풍이다.

그러나 북풍의 베틀은 부끄러움이었으며, 실은 연약한 근육이었다.

그리하여 일을 마쳤을 때 북풍은 숲 속에서 웃었다.

잊지 마라. 부끄러움이란 순수하지 못한 자의 눈을 가리는 방패라는 것을.

순수하지 못한 것이 없을 때, 부끄러움이란 마음의 족쇄나 찌꺼기가 아니고 무엇인가.

또 잊지 마라. 대지는 그대 맨발의 감촉을 즐거워하고, 바람은 그대의 머릿결과 장난치기 좋아한다는 것을.

사고파는 것에 대하여

On Buying and Selling

한 상인이 말했다. '우리에게 사고파는 일에 대해 말씀해 주십시오.'

그가 말했다.

대지는 그대에게 자신의 열매를 내준다. 그 열매를 손에 넣는 법을 안다면 그대는 부족함이 없으리라.

풍요와 만족이란 대지의 선물을 교환하는 데 있음을 아는 것이다.

그럼에도 그 교환이 사랑과 적절한 정의로 이루어지지 않는다면, 그것은 몇몇에게는 탐욕을, 그 나머지에게는 굶주림을 초래할 것이다.

· · ·

바다와 들과 포도밭에서 고생하는 이들이 시장에 나가 옷 짓는 이, 그릇 만드는 이, 향료 모으니 이를 만날 때,

그대 간절히 빌라. 대지를 주관하는 영혼이 그대들 가운데 와서 서로의 가치를 다는 저울과 서로의 값을 매기는 셈을 성스럽게 해 주기를.

빈손으로 와서 몇 마디 말로 그대의 수고를 사려는 자가 그대의 거래에 끼어들게 놓아두지 마라.

그런 자에게 말하라.

'우리와 함께 들로 가자. 아니면 우리 형제와 함께 바다로 나가서 그물을 던져라.

대지와 바다는 우리에게 그랬던 것처럼 그대에게도 넉넉히 베풀리라.'

· · ·

그곳에 노래하는 자, 춤추는 자, 피리 부는 자가 오거든, 그들의 재능도 사라.

그들 역시 열매와 향료를 모으는 자들이며, 그들이 가져온 것은 비록 꿈의 방식이긴 하나 그대를 위한 영혼의 옷이고 양식이기 때문이다.

· · ·

그리고 그대, 시장을 떠나기 전에 보라, 빈손으로 돌아가는 자가 없는지를.

왜냐하면 대지를 주관하는 영혼은 그대들 중 가장 보잘것없는 자의 필요까지 모두 채워지기 전에는 바람 위에서 편히 잠들지 못할 것이기 때문이다.

죄와 벌에 대하여

On Crime and Punishment

이번에는 도시의 한 재판관이 앞으로 나와서 말했다. '우리에게 죄와 벌에 대해 말씀해 주십시오.'

그가 대답했다.

그대 영혼이 바람 따라 헤맬 때,

혼자이고 아무도 지켜 주지 않아, 그대는 다른 사람들에게 잘못을 저지르고, 그대 자신에게도 잘못을 저지른다.

그 잘못 때문에 그대는 천국의 문을 두드려야 하고, 무시되는 동안 기다려야 한다.

· · ·

그대 안의 신은 바다와 같다.

그것은 영원히 더럽혀지지 않는다.

그것은 공기와 같아, 숭고한 것을 제외하고 모든 것을 끌어올리려 한다.

나아가 그대 안의 신은 태양과도 같다.

그것은 두더지의 길도 알지 못하며, 뱀 구멍도 찾지 않는다.

그러나 그대 안의 신은 그대 안에 홀로 거주하지 않는다.

그대 안의 많은 부분은 인간이고, 아직 인간에 이르지 못한 부분도 많다.

그러나 볼품없는 난쟁이는 자신을 깨우는 그대 안의 신을 찾느라 잠든 채 안개 속을 헤맨다.

그러므로 그대 안의 인간에 대해 이제 말하려 한다.

죄와 그 벌에 대해 아는 것은, 그대 안의 신도 아니고 안개 속을 헤매는 난쟁이도 아니고, 그대 안의 인간이기 때문이다.

· · ·

나는 그대들이 말하는 것을 종종 들었다. 잘못을 저지른 자가 그대들 중 하나가 아니라 이방인이며 그대들 세상에 뛰어든 침입자인 것처럼 말하는 것을.

그러나 나는 말한다. 아무리 거룩하고 정의로운 자라도 그대들 각자의 내면에 있는 가장 고귀한 존재보다 높이 올라갈 수는 없다고.

아무리 약하고 악한 자라도 그대들 각자의 내면에 있는 가장 낮은 존재보다 떨어질 수는 없다고.

나뭇잎 하나도 나무 전체의 묵인 없이는 노랗게 변하지 않는 것처럼,

그대들 중 잘못을 저지른 자도 그대들의 감추어진 의도 없이 잘못을 저지를 수 없다.

그대는 행렬처럼 그대 안의 신을 향해 그대 안의 모든 존재와 함께 걷는다.

그대가 곧 길이고 길 가는 자다.

그대들 중 하나가 넘어진다면 뒷사람을 위해 넘어지는 것이

다. 발부리에 걸리는 돌이 있음을 경고하기 위해.

그렇다. 또 그는 그보다 앞서가는 사람들을 위해 넘어지는 것이다. 비록 더 빠르고 발이 더 튼튼할지 모르나 그때까지 그 돌부리를 치우지 않았음을 알리기 위해.

· · ·

다음의 말도 그렇다. 비록 이 말이 그대의 가슴을 무겁게 할지라도.

죽음을 당한 자는 자신의 죽음에 책임이 없지 않으며,

도둑맞은 자는 자신의 도둑맞음에 비난받을 것이 없지 않다.

정의로운 자는 악한 자의 행동에 결백하지 않고,

결백한 자도 중죄인의 소행에 깨끗하지 않다.

그렇다. 죄인이란 때로 피해자의 희생물이다.

나아가 죄인이란 때로 죄 없는 자와 책임지지 않는 자의 짐을 대신 진 자다.

그대는 부정한 자와 정의로운 자, 악한 자와 선한 자를 구분

할 수 없다.

그들은 검은 실과 흰 실이 함께 짜이듯 태양을 마주한 채 함께 서 있기 때문이다.

검은 실이 끊어지면 천 짜는 자는 천 전체를 살펴보고 베틀도 조사해야 하리라.

. . .

그대들 중 누군가 부정한 아내를 재판하려 한다면,

그에게 그 남편의 마음도 저울에 달고, 영혼도 자로 재게 하라.

죄인을 채찍질하는 자에게 피해자의 영혼도 살펴보게 하라.

그대들 중 누군가 정의의 이름으로 악의 나무에 도끼를 내리쳐 벌하려 한다면, 그에게 그 나무의 뿌리도 살펴보게 하라.

그러면 그는 분명 발견하리라. 선한 것과 악한 것, 열매를 맺는 것과 맺지 못하는 것의 뿌리가 대지의 고요한 가슴속에 뒤엉켜 있음을.

그렇다면 그대, 공정하겠다는 재판관이여,

비록 육체적으로 정직하나 정신적으로 도둑인 자에게 그대는 어떤 판결을 내리겠는가.

육체적으로 살인자나 정신적으로 살해당한 자에게 어떤 벌을 내리겠는가.

또 어떻게 기소할 것인가. 사기꾼 짓을 하고 남을 억압한 자지만

그 역시 공격받고 모욕당한 자라면.

· · ·

그리고 자신이 저지른 죄보다 양심의 가책이 큰 자는 어떻게 벌하겠는가.

그대가 기꺼이 섬기는 바로 그 법에 따라 집행하는 정의가 양심의 가책 아닌가.

하지만 그대가 죄 없는 자에게 양심의 가책을 심어 줄 수 없고, 죄 지은 자의 가슴에서 양심의 가책을 끌어낼 수도 없다.

양심의 가책은 초대받지 못해도 한밤중에 찾아와 사람을 깨우고 자신을 응시하게 하리라.

그러므로 정의를 이해하려는 그대, 모든 행위를 완전한 빛 속에서 살펴보지 않는다면 어떻게 정의를 이해할 수 있겠는가.

그대는 오직 그때 알리라. 똑바로 선 자와 넘어진 자는 자기 안에 있는 신의 낮과 자기 안에 있는 난쟁이의 밤 사이 여명 속에 서 있는 인간일 뿐이라는 것을.

또 사원의 주춧돌이 사원의 바닥에 놓인 가장 낮은 초석보다 높지 않음을.

법에 대하여

On Laws

법률가가 말했다. '스승이여, 우리의 법이란 무엇입니까.'

그가 대답했다.

그대들은 법 만들기를 좋아한다.

하지만 그 법을 부수기는 더 좋아한다.

바닷가에서 노는 아이들이 끝없이 모래성을 쌓았다가 웃으며 허물어 버리는 것처럼.

그러나 그대들이 모래성을 쌓는 동안 바다는 더 많은 모래를 해변으로 가져오고,

그대들이 모래성을 허물 때면 바다는 그대와 함께 웃는다.

진실로 바다는 언제나 순진무구한 이와 함께 웃는다.

· · ·

　그러나 삶이 바다가 아닌 자에게, 인간이 만든 법이 모래성이 아닌 자에게 법이란 무엇인가.

　삶이 바위 같은 자에게, 법이 그 바위에 자기 모습을 새기는 정인 자에게는 무엇인가.

　춤추는 사람을 미워하는 절름발이에게는 무엇인가.

　자기가 쓴 멍에를 사랑하며 숲 속의 사슴들이 길을 잃고 헤맨다고 여기는 저 황소에게는 무엇인가.

　자기의 허물을 벗지 못해 모두 벌거벗었다고, 부끄러움을 모른다고 말하는 늙은 뱀에게는 무엇인가.

　혼인 잔치에 먼저 가서 실컷 먹고 제 갈 길 가면서, 모든 잔치는 불법이고 잔치 손님들도 법을 위반했다고 떠드는 자에게는 무엇인가.

· · ·

그들에 대해 내가 무슨 말을 할 수 있겠는가. 그들 역시 햇빛 속에 있지만 태양을 등졌다는 말밖에는.

그들은 오직 자기 그림자만 본다. 그 그림자가 그들에게 법인 것이다.

그리고 그들에게 태양이란 무엇인가. 그림자를 던져 주는 것 말고는.

법을 따르는 것이란 무엇인가. 등을 구부리고 땅 위의 자기 그림자를 따라가는 것 말고는.

그러나 태양을 향해 걸어가는 그대, 대지에 그려진 어떤 그림자가 그대를 잡을 수 있을 것인가.

바람과 함께 여행하는 그대, 어떤 바람개비가 그대 가는 길을 인도할 것인가.

인간이 만든 감옥 문이 아니라 그대가 자신의 굴레를 부순다면 인간이 만든 어떤 법이 그대를 구속할 수 있을 것인가.

인간이 만든 쇠사슬에 걸려 넘어지지 않고 그대가 춤출 수 있다면 어떤 법이 그대를 두렵게 할 것인가.

그대의 옷이 찢기더라도 그대가 아직 인간의 길에서 벗어나지 않았다면 누가 그대를 재판할 것인가.

• • •

오르팰리스 시민들이여, 그대들은 북소리를 죽일 수도 있고, 현악기의 줄을 풀어 버릴 수도 있다. 그러나 누가 저 종달새에게 노래하지 말라고 명령할 수 있겠는가.

자유에 대하여

On Freedom

이어서 한 웅변가가 말했다. '우리에게 자유에 대해 말씀해
주십시오.'

그가 대답했다.

성문을 향해서 또 난롯가에서 그대들이 엎드려 자기의 자유
를 찬양하는 것을 나는 보았다.

폭군 앞에서 자신을 낮추고 그를 찬양하는 노예들처럼. 설령
그가 자기를 죽일지라도.

그렇다. 사원의 숲에서, 성채의 그늘 속에서 나는 보았다. 그
대들 중에서 가장 자유롭다고 하는 자가 자유를 마치 굴레와 수
갑처럼 찬 것을.

그리하여 내 가슴은 속으로 피를 흘렸다. 자유를 찾는 욕망이 그대 입을 막는 재갈이 되어, 자유가 목적이고 기쁨이라고 말하는 것을 그칠 때, 비로소 그대가 자유로울 수 있기 때문이다.

· · ·

낮에 근심이 없고 밤에 부족함과 슬픔이 없을 때 그대가 진정 자유로운 것은 아니다.

오히려 그런 것들이 그대 삶을 휘감아도 그것을 벗어 버리고 얽매이지 않고 일어설 때 그대가 진정 자유로운 것이다.

· · ·

그대가 어떻게 그대의 낮과 밤을 뛰어넘을 수 있을 것인가. 그대 한낮의 시간 여기저기에 묶어 놓은 그 사슬들을 그대가 깨달음의 새벽에 끊어 버리지 않는다면.

사실 그대가 자유라고 부르는 것은 사슬 중에서 가장 강력한 사슬이다. 비록 그 고리가 햇빛에 반짝거려 눈이 부실지라도.

· · ·

자유로워지기 위해 그대가 버리려고 하는 것은 그대 자아의 파편이 아닌가.

그대 손으로 자기 이마에 쓴 법이 공정하지 못하다면 그대는 그 법을 폐기하려고 한다.

그대가 법을 지울 수는 없다. 그대의 법률 책을 불사른다 해도, 바닷물을 들어부어 재판관 이마를 씻는다 해도.

또 그대가 몰아내려는 자가 독재자라면 먼저 살펴보라, 그대 안에 세운 그의 옥좌가 무너졌는가를.

제아무리 폭군이라 해도 참으로 자유로운 자, 참으로 자부심이 있는 자를 어떻게 다스릴 수 있겠는가. 그들의 자유에 억압이 없고 그들의 자부심에 부끄러움이 없다면.

그대가 벗어 버리고 싶은 것이 근심이라면 그 근심은 그대에게 강요된 것이라기보다 그대가 선택한 것이다.

그대가 떨쳐 버리고 싶은 것이 두려움이라면 그 두려움이 앉은 자리는 두려움을 주는 자의 손이 아니라 그대 가슴속에 있는 것이다.

· · ·

그대가 바라는 것, 두려워하는 것, 싫어하는 것, 좋아하는 것,
추구하는 것, 피하고 싶은 것, 이 모든 것들은 정말로 그대 존재
안에 반쯤 뒤엉킨 채 끊임없이 움직인다.

이것들은 그대 안에서 빛과 그림자처럼 달라붙어 움직인다.

그리하여 그림자가 희미해지다 사라질 때 남아 있던 빛은 다
른 빛의 그림자가 된다.

이렇듯 그대의 자유는 족쇄에서 헤어나면 더 큰 자유의 족
쇄가 된다.

이성과 열정에 대하여

On Reason and Passion

여사제가 다시 말했다. '우리에게 이성과 열정에 대해 말씀해 주십시오.'

그가 말했다.

그대 영혼은 때로 이성과 판단력이 열정과 욕망에 맞서는 싸우는 싸움터이기도 하다.

내 그대 영혼의 중재자가 될 수 있다면, 그대 내면에 있는 불화와 갈등을 하나로 만들어 노래로 바꿀 텐데.

그러나 내 어찌 그럴 수 있겠는가. 그대 스스로 중재자가 되지 않는다면, 아니 그대가 자신의 모든 것을 사랑하지 않는다면.

· · ·

　그대의 이성과 열정은 바다를 항해하는 그대 영혼의 키이며
돛이다.

　돛이나 키가 부러진다면, 그대들은 파도에 흔들리며 표류하
거나 바다 한가운데 떠 있을 수밖에 없으리라.

　홀로 다스리는 이성이란 가두는 힘이며, 돌보지 않는 열정이
란 자신을 태워 버리는 불꽃이기 때문이다.

　그러므로 그대의 영혼으로 하여금 이성을 열정의 높이까지
드높이게 하라. 이성이 노래 부를 수 있도록.

　또 이성으로 하여금 열정을 이끌게 하라. 마치 스스로 탄 재
속에서 다시 일어나는 불사조처럼, 그대의 열정이 날마다 스스
로 부활하여 살아가도록.

· · ·

　판단력과 욕망을 그대의 집에 온 소중한 두 손님처럼 여기
기 바란다.

그대는 어느 한 손님을 다른 손님보다 소중히 여기지 말아야 하리라. 어느 하나에 마음을 쏟으면 결국 둘의 사랑과 신뢰를 모두 잃기 때문이다.

. . .

그대들이 언덕 사이 미루나무의 시원한 그늘 아래 앉아, 먼 들판과 풀밭의 평화로움과 고요함을 공유할 때 그대들 가슴으로 하여금 고요히 말하게 하라. '신이 이성 속에 쉰다'고.

그리고 폭풍이 몰려와 거센 바람이 숲을 흔들고, 천둥과 번개가 하늘의 장엄함을 나타낼 때 그대들 가슴으로 하여금 경외감으로 말하게 하라. '신이 열정 속에서 움직인다'고.

그대는 신의 영역에서 한 숨결이며 신의 숲에서 한 잎이기 때문에 그대 역시 이성 속에서 머무르고 열정으로 움직여야 하리라.

고통에 대하여

On Pain

한 여인이 말했다. '우리에게 고통에 대해 말씀해 주십시오.'

그가 말했다.

고통이란 그대의 깨달음을 가둔 껍데기가 깨지는 것이다.

열매의 싹이 햇빛을 보려면 단단한 씨 껍데기를 깨야 하듯, 그대도 고통을 그렇게 이해해야 한다.

그대가 날마다 일어나는 삶의 기적을 가슴속에 경이로움으로 간직할 수 있다면, 그대의 고통도 기쁨만큼 경이롭게 바라보리라.

그러면 그대 가슴속의 모든 계절을 받아들이리라. 그대가 들판을 넘어 지나간 모든 계절을 받아들였듯이.

그리하여 그대 슬픔의 겨울을 처음부터 끝까지 평온하게 바라볼 수 있으리라.

· · ·

그대의 고통은 대부분 그대 스스로 선택한 것이다.

그것은 그대 안에 있는 의사가 병든 자아를 치료하는 쓰디쓴 약이다.

그러므로 그대 안에 있는 의사를 믿어라. 그리고 조용히 평온하게 그가 처방한 약을 마셔라.

그의 손이 비록 강하고 거칠다 하더라도, '보이지 않는 이'의 부드러운 손길에 인도되기 때문이다.

그가 내주는 잔은 비록 그대의 입술을 태울지라도, '도공'이 자신의 성스런 눈물로 반죽한 흙으로 빚은 잔이기 때문이다.

자기를 아는 것에 대하여

On Self-Knowledge

한 남자가 말했다. '우리에게 자기를 아는 것에 대해 말씀해 주십시오.'

그가 말했다.

그대 가슴은 침묵해도 안다. 밤과 낮의 비밀을.

그러나 그대의 귀는 가슴이 아는 것을 소리로 듣기를 갈망한다.

생각으로 아는 것을 그대는 언어로 이해하고 싶어 한다.

꿈의 알몸을 그대는 손가락으로 만지고 싶어 한다.

・・・

　그대가 그러는 것은 좋은 것이다.

　그대 영혼의 신비로운 샘은 반드시 솟아올라 소리 내며 바다로 흘러가야 한다.

　그러면 헤아릴 수 없이 깊은 곳에 있는 그대 보물이 눈앞에 나타나리라.

　그러나 그대, 미지의 보물을 저울에 달지 말고 자와 끈으로 그대 앎의 깊이를 재려고 하지도 마라.

　자아란 무한히 넓고 헤아릴 수 없는 바다이기 때문이다.

・・・

　말하지 마라. '나는 진리를 발견했다'고. 그보다 말하라. '나는 한 가지 진리를 알았다'고.

　말하지 마라. '나는 영혼의 길을 발견했다'고. 그보다 말하라. '나는 내 길을 걷는 영혼을 만났다'고.

　영혼은 모든 길을 걷기 때문이다.

그 영혼은 하나의 길을 걷는 것도 아니고 갈대처럼 자라는 것
도 아니다.

　그 영혼은 헤아릴 수 없이 많은 잎에서 꽃이 피어나듯이 스스
로 펼치는 것이다.

가르치는 것에 대하여

On Teaching

이어서 한 교사가 말했다. '우리에게 가르치는 것에 대해 말씀해 주십시오.'

그가 말했다.

누구도 그대에게 아무것도 가르쳐 줄 수 없다. 그대가 지식의 새벽에 반쯤 잠들어 누워 있다는 것 말고는.

제자들에 둘러싸여 사원의 그늘을 거니는 선생은 자기의 지혜가 아니라 믿음과 사랑을 주는 것이다.

선생이 진실로 지혜롭다면 그대를 지혜의 집으로 들어가라고 지시하기보다 그대 마음의 문으로 그대를 인도하리라.

천문학자는 우주에 대해 자신이 이해한 것을 그대에게 말해

줄 수 있지만, 자신이 이해한 것을 그대에게 줄 수는 없다.

음악가는 우주 공간에 있는 리듬으로 그대에게 노래해 줄 수 있지만, 그 리듬을 알아듣는 귀나 그 노래를 부르는 목소리까지 그대에게 줄 수는 없다.

수학에 정통한 사람이라도 무게와 부피의 분야에 대해 말할 수 있지만 그대를 그쪽으로 데려갈 수는 없다.

한 사람의 통찰력은 그 날개를 다른 사람에게 빌려줄 수 없기 때문이다.

그리하여 그대들이 신의 인식 속에 홀로 섰듯이, 그대들은 홀로 신을 인식하고 홀로 대지를 이해해야 한다.

우정에 대하여

On Friendship

이어서 한 젊은이가 말했다. '우리에게 우정에 대해 말씀해 주십시오.'

그가 말했다.

그대의 친구란 그대의 바람에 대한 응답이다.

친구는 사랑으로 씨를 뿌리고 감사하는 마음으로 추수하는 그대의 밭이고, 그대의 식탁이고, 그대의 난롯가다.

그대가 허기질 때 친구에게 가고, 평온하고자 친구를 찾기 때문이다.

· · ·

그대 친구가 자기 마음을 털어놓을 때, 그대 자신의 생각대로 '아니'라고 말하기를 두려워하지 말고, '그래'라고 말하기를 주저하지 마라.

친구가 침묵할 때도 그대 가슴은 친구의 가슴에 귀 기울이기를 멈추지 마라.

말하지 않을 때도 우정 속에서는 모든 생각, 모든 욕망, 모든 기대가 알 수 없는 기쁨으로 생겨나고 나누어지기 때문이다.

그대 친구와 헤어질 때 너무 슬퍼하지 마라.

산에 오르는 이에게 산은 들판에서 더 분명하게 보이듯이, 그대가 친구에게서 가장 좋아하는 것도 친구가 없을 때 더 분명해지기 때문이다.

그리고 우정에는 아무 목적도 두지 마라. 영혼의 깊이를 더하는 것 말고는.

사랑 그 자체의 신비를 드러내는 것 말고 다른 무엇을 찾는 사랑은 사랑이 아니라 앞으로 던진 그물이기 때문이다. 쓸모없는 것만 잡히는.

• • •

그러므로 친구를 위해 그대의 최선을 다하라.

친구가 그대의 썰물 때를 알아야 한다면 그대의 밀물 때도 알게 하라.

그대가 시간을 죽이기 위해 친구를 찾으려 한다면 무엇이 친구를 위함인가.

언제나 시간을 살리기 위해 친구를 찾아라.

그대의 공허함이 아니라 그대의 바람을 채우는 것이 친구의 바람이기 때문이다. 그러니 우정의 달콤함 속에 웃음이 있게 하고, 기쁨의 나눔이 있게 하라.

작은 이슬방울 속에서 우정의 심장은 자신의 아침을 발견하고 다시 새로워지기 때문이다.

대화에 대하여

On Talking

한 학자가 말했다. '우리에게 대화에 대해 말씀해 주십시오.'

그가 말했다.

그대가 말하는 것은 조용히 생각하는 것을 멈출 때다.

그대가 마음의 고독 속에 머무르지 못할 때 그대는 입술과 함께 산다. 그 말은 기분을 전환하고 여가를 위한 소리에 지나지 않는다.

그대가 말을 많이 하는 동안 생각은 반쯤 죽어 있다.

생각은 허공을 나는 새와 같아, 말의 새장 안에서 그 날개를 펴더라도 결코 날 수 없기 때문이다.

・・・

　그대들 중에는 홀로 있는 것이 두려워 수다스러운 자를 찾는 이도 있다.

　고독한 침묵은 벌거벗은 자신의 모습을 드러내기 때문에 달아나려는 것이다.

　또 지식이나 통찰력 없이 자신도 이해하지 못한 진리를 떠들어 대는 자가 있다.

　진리를 알면서도 그 진리를 말하지 않는 이가 있다.

　그런 이의 가슴에는 영혼이 주기적인 침묵 속에 머무른다.

・・・

　길거리나 시장에서 그대의 친구를 만나면, 그대 안의 영혼이 그대의 입술을 움직이고 그대의 혀를 통제하게 하라.

　그대의 목소리 속에 있는 영혼의 목소리로 친구의 귓속에 있는 영혼의 귀에 대고 말하게 하라.

　포도주 맛을 기억하는 것처럼 친구의 영혼이 그대 가슴의 진

실을 간직할 것이기 때문이다.

그 색깔이 잊히고 그 잔이 없을 때도.

시간에 대하여

On Time

한 천문학자가 물었다. '스승이여, 시간이란 무엇입니까.'

그가 대답했다.

그대는 잴 수도 없고 재지지도 않는 시간을 재려고 한다.

그대는 시간과 계절에 따라 그대의 행위를 맞추려 하고 심지어 영혼의 행로도 그에 따라 돌리려 한다.

그대는 시간을 강으로 여기고, 강둑에 앉아 그 흐름을 지켜보려 한다.

• • •

그러나 그대 안의 시간을 초월한 자는 삶이 시간을 초월한 것임을 안다.

또 어제는 오늘의 기억이며 내일은 오늘의 꿈임을 안다.

그리하여 시간을 초월한 자는 그대 안에서 노래 부르고 묵상하며 아직도 우주 공간에 처음 별들이 뿌려지던 최초의 순간에 살고 있다.

· · ·

그대들 중 누가 느끼지 못하겠는가. 사랑하는 자기의 힘이 무한함을.

하지만 누가 느끼지 못하겠는가. 바로 그 사랑이 비록 무한하더라도 자기 존재 한가운데 둘러싸여 있음을. 그리하여 사랑의 생각이 다른 사랑의 생각으로 움직이지 못하고, 사랑의 행위가 다른 사랑의 행위로 움직이지 못함을.

사랑이 그렇듯, 시간은 나뉘지도 않고 무한한 것 아닌가.

· · ·

　그러나 그대 생각 속에서 계절에 따라 시간을 재야 한다면 각
각의 계절이 다른 모든 계절을 둘러싸게 하라.

　그리고 추억으로 과거를, 열망으로 미래를 오늘이 껴안게
하라.

선과 악에 대하여

On Good and Evil

도시의 한 원로가 말했다. '우리에게 선과 악에 대해 말씀해 주십시오.'

그가 답했다.

내 그대 안에 있는 선에 대해서 말할 수 있으나 악에 대해서는 말할 수 없다.

악이란 배고프고 목마름에 고통 받는 선이 아니고 무엇인가.

진실로 선이 굶주릴 때면 어두운 동굴에서도 먹을 것을 찾고, 목마를 때면 썩은 물도 마시는 것이다.

• • •

그대가 자신과 하나일 때 그대는 선하다.

하지만 자신과 하나가 아닐 때도 그대가 악한 것은 아니다.

분열된 집이라고 해도 그 집이 도둑의 소굴이 아니듯이, 그 집은 분열된 집일 뿐이기 때문이다.

또 키가 없으면 배가 목적지 없이 위험하게 섬 사이를 헤매기는 해도 가라앉지는 않는다.

• • •

그대가 자신을 주려고 할 때 그대는 선하다.

하지만 그대가 자기 이익을 구할 때도 그대가 악한 것은 아니다.

그대가 자기 이익을 얻으려고 애쓸 때 그대는 대지에 엉켜 붙어 대지의 젖을 빨아 먹는 뿌리일 뿐이기 때문이다.

물론 열매는 그 뿌리에게 말할 수 없다. '나와 같아라, 무르익고 가득 넘쳐 언제나 너의 풍요로움을 주라'고.

열매는 주는 것이 의무지만 뿌리는 받는 것이 의무이기 때문이다.

. . .

말하는 동안 완전히 깨어 있다면 그대는 선하다.

하지만 그대가 잠들어 있을 때 혀가 목적 없이 중얼거릴지라
도 그대가 악한 것은 아니다. 또 더듬는 말조차 약한 혀를 강하
게 하리라.

. . .

그대가 목적지를 향해 단호하게 대담한 발걸음으로 걸어갈
때 그대는 선하다.

하지만 그대가 절뚝거리며 저쪽으로 걸어간다 해도 그대가
악한 것은 아니다.

절뚝거리는 자도 뒤로 가는 것은 아니다.

그러나 강하고 빠른 그대, 그대는 알라. 절름발이 앞에서 절
뚝거리지 않았음을, 그것을 친절로 여겼음을.

· · ·

그대는 헤아릴 수 없이 많은 방법으로 선하다. 또 선하지 않다 해도 악한 것은 아니다.

그대는 빈둥거리고 게으름을 피울 뿐이다.

딱하다. 사슴이 거북에게 빨리 달리는 법을 가르쳐 줄 수 없는 것이.

· · ·

그대들 모두 간직한 위대한 자아를 향한 갈망, 그 속에 그대의 선이 있다.

그러나 그대들 중 어떤 이에게는 그 갈망이 바다로 힘차게 달리는 급류다. 언덕의 비밀과 숲의 노래를 바다로 나르는.

어떤 이에게는 그 갈망이 얕은 개울이다. 굽이돌 때마다 길을 잃고, 해안에 닿기 전 오랫동안 서성이며 이리저리 헤매는.

그러나 많이 갈망하는 자는 적게 갈망하는 자에게 말하지 마라. '그대는 왜 그토록 느리고 머뭇거리는가'라고.

참으로 선한 자는 묻지 않기 때문이다. 벌거벗은 자에게 '그대 옷은 어디 있느냐'고, 집이 없는 자에게 '그대 집에 무슨 일이 생겼는가'라고.

기도에 대하여

On Prayer

이어서 여사제가 말했다. '우리에게 기도에 대해 말씀해 주십시오.'

그가 말했다.

그대는 괴로울 때나 바람이 있을 때 기도한다. 그러나 그대는 기쁨으로 충만하거나 풍요로운 나날에도 기도해야 하리라.

• • •

기도란 그대를 생명의 기운 속으로 활짝 펼치기 위함이 아니고 무엇인가.

기도가 그대 안에 있는 어둠을 허공 속에 쏟아 내어 편안해

지기 위한 것이라면, 그대 가슴의 새벽빛을 밖으로 쏟아 내기 위한 것도 기도다.

또 그대의 영혼이 그대를 기도하도록 부를 때 그대가 눈물을 흘릴 수밖에 없다면, 기도는 그대가 눈물을 흘릴지라도 웃을 때까지 그대를 격려하고 또 격려하리라.

기도할 때 그대는 바로 그 시간에 기도하는 이들과 기도가 아니라면 만날 수 없는 이들을 어떤 기운이 감도는 가운데 만나리라.

그러므로 그대가 그 보이지 않는 사원을 방문할 때 환희와 영적 교감 말고 아무것도 없게 하라.

그대가 구하는 것 말고 다른 목적이 없이 사원에 들어간다 해도 그대는 아무것도 받지 못할 것이기 때문이다.

또 그대가 자신을 낮추기 위해 사원에 들어간다 해도 그대가 들어 올려지지 않을 것이기 때문이다.

그대가 설령 다른 이의 복을 빌기 위해 사원에 들어간다 해도 그대의 기도는 응답받지 못하리라.

그대가 보이지 않는 그 사원으로 들어가는 것, 그것으로 충분하다.

・ ・ ・

내가 그대에게 가르칠 수는 없다. 어떤 말로 기도해야 하는지를.

신은 그대의 말을 듣지 않는다. 그대의 입술을 통해 그 자신이 말을 할 때 말고.

내가 그대에게 가르칠 수는 없다. 바다와 숲과 산의 기도를.

그러나 산과 숲과 바다에서 태어난 그대는 그들의 기도를 그대 가슴속에서 찾을 수 있다.

그리하여 밤의 고요 속에서 귀 기울인다면, 그대는 침묵 속에서 그들이 말하는 것을 들으리라.

'우리의 신, 우리의 숭고한 자아, 우리 안의 의지는 곧 당신의 의지요,

우리 안의 욕망은 곧 당신의 욕망입니다.

당신의 것인 우리의 밤을 당신의 것인 우리의 낮으로 바꾸는 것은 우리 안에 있는 당신의 충동입니다.

우리는 당신에게 아무것도 바랄 수 없습니다. 우리 안에서 그 바람이 생기기 전에 당신이 아시기 때문입니다.

당신이 우리의 바람입니다. 우리에게 당신 자신을 더 주시는 것은 우리에게 당신의 모든 것을 주시는 것입니다.'

즐거움에 대하여

On Pleasure

이어서 한 해에 한 번씩 그 도시를 방문하는 수행자가 앞으로 나와 말했다. '우리에게 즐거움에 대해 말씀해 주십시오.'

그가 말했다.

즐거움은 자유의 노래다.

그러나 그것이 자유는 아니다.

즐거움은 그대 욕망이 꽃으로 피어난 것이다.

그러나 그것이 열매는 아니다.

즐거움은 높은 곳으로 외치는 깊은 곳의 소리다.

그러나 그것은 깊은 곳에도 높은 곳에도 있지 않다.

즐거움은 새를 가두는 우리다.

그러나 그것은 사방이 막힌 공간은 아니다.

그렇다, 진실로 즐거움은 자유의 노래다.

그리고 나는 기꺼이 그대가 가슴 가득 자유의 노래를 부르기 바란다. 하지만 그대가 그 노래 속에서 그대 가슴을 잃지 않기 바란다.

· · ·

그대들 중 어떤 젊은이는 마치 그것이 전부인 듯 즐거움을 추구한다. 그리하여 심판 받고 비난을 받는다.

나는 젊은이들을 심판하지도 비난하지도 않으리라. 나는 그들이 즐거움을 찾게 하리라.

그들이 즐거움만 찾지는 않을 것이기 때문이다.

즐거움은 일곱 자매인데, 그중에 가장 못난 자매도 즐거움보다 아름답기 때문이다.

그대는 뿌리를 캐려고 땅을 파다가 보물을 발견한 사람의 이야기를 듣지 못했는가.

· · ·

그대들 중 나이 든 어떤 이는 술에 취해 저지른 잘못처럼 후회와 함께 즐거움을 기억한다.

그러나 후회는 징벌이 아니라 마음에 드리우는 구름일 뿐이다.

그들은 감사하는 마음으로 즐거움을 기억해야 하리라. 마치 여름날에 수확한 것처럼.

하지만 후회하는 것이 위로가 된다면 그들로 하여금 위로를 받게 하라.

· · ·

그대들 중에는 즐거움을 찾을 만큼 젊지도 않고 후회를 기억할 만큼 늙지도 않은 이들이 있다.

그들은 즐거움을 추구하는 것도 후회를 기억하는 것도 걱정하면서 모든 즐거움을 피한다. 영혼을 무시하거나 해칠까 두려워하여.

그러나 그들이 즐거움을 피하는 것조차 그들의 즐거움이다.

그들 역시 그런 식으로 보물을 발견하는 것이다. 비록 떨리는 손으로 뿌리를 캐려고 땅을 파지만.

그러나 말해 보라. 영혼을 해치는 자가 누구인가.

밤에 우는 새가 밤의 고요를 해치는가, 아니면 반딧불이가 별을 해치는가.

그대의 불꽃이나 연기가 바람을 귀찮게 하는가.

그대는 영혼의 고요한 연못을 지팡이 하나로 흐리게 할 수 있다고 생각하는가.

• • •

때로 그대는 즐거움을 거부하면서 오직 그대 존재의 깊은 곳에 욕망을 쌓아 둔다.

누가 아는가. 오늘 없는 듯이 보이는 것이 내일을 위해 기다리는지.

그대의 육체도 자신이 물려받은 유산과 자신의 정당한 요구

를 알기에 그대의 육체를 속이지 못하리라.

그대의 육체는 그대 영혼의 하프이니,

그것이 감미로운 음악을 울릴지 혼란스러운 소리를 낼지는 그대에게 달렸다.

· · ·

지금 그대는 가슴으로 묻는다. '우리는 즐거움에서 어느 것이 좋고 어느 것이 나쁜지 어떻게 구분하는가'라고.

그대의 들판으로, 그대의 정원으로 가 보라. 그대는 알리라. 꽃에서 꿀을 모으는 것이 벌의 즐거움임을.

그러나 벌에게 자신의 꿀을 내주는 것 역시 꽃의 즐거움임을.

벌에게 꽃은 생명의 샘이고,

꽃에게 벌은 사랑의 전령이기 때문이다.

그리하여 꽃과 벌 둘에게 즐거움을 주고받는 것은 바람이고 환희다.

· · ·

오르팰리스 시민들이여, 그대들의 즐거움이 꽃과 벌 같기를.

아름다움에 대하여

On Beauty

시인이 말했다. '우리에게 아름다움에 대해 말씀해 주십시오.'

그가 말했다.

그대는 어디서 아름다움을 찾고 어떻게 아름다움을 알아볼 것인가. 아름다움이 그대의 길이 되고 그대의 안내자가 되지 않는다면.

또 그대가 어떻게 아름다움을 말할 것인가. 아름다움이 그대의 말을 엮어 주지 않는다면.

• • •

고통 받은 자와 상처 받은 자는 말한다. '아름다움은 친절하고 상냥하다.

자신이 누리는 축복에 약간 수줍어하며 우리 사이를 걷는 젊은 엄마처럼.'

열정적인 자는 말한다. '아니다, 아름다움은 강하고 경이로운 것이다.

우리 위에 있는 하늘과 아래에 있는 대지를 뒤흔드는 폭풍처럼.'

· · ·

지치고 피곤한 자는 말한다. '아름다움은 우리의 영혼 속에서 말하는 부드러운 속삭임이다.

그 목소리는 우리의 침묵에 자리를 내준다. 그늘의 두려움 속에서 떠는 희미한 불빛처럼.'

그러나 불안한 자는 말한다. '우리는 산속에서 아름다움이 외치는 소리를 들었다.

그리고 그 외침과 함께 발굽 소리, 날개 파닥이는 소리, 사자들이 으르렁거리는 소리도 들었다.'

· · ·

밤에 도시의 파수꾼은 말한다. '아름다움은 동쪽에서 여명과 함께 떠오르리라.'

또 한낮에 노동자와 여행자는 말한다. '해 질 녘 창가에서 대지에 기댄 아름다움을 보았다.'

· · ·

겨울에 눈 속에 갇힌 자는 말한다. '아름다움은 언덕을 뛰어 넘어 봄과 함께 오리라.'

그리고 여름 더위에 수확하는 자는 말한다. '우리는 아름다움이 가을의 나뭇잎과 춤추는 것을 보았다. 또 아름다움의 머리카락 속에서 눈이 흩날리는 것을 보았다.'

· · ·

이 모든 것이 그대들이 말한 아름다움이다.

하지만 그대들은 아름다움에 대해 말한 것이 아니라 그대들이 충족하지 못한 바람에 대해 말한 것이다.

아름다움이란 바람이 아니라 환희다.

아름다움은 갈망하는 입도 아니고 내민 빈손도 아니다.

그보다 불타는 가슴이며 매혹된 영혼이다.

아름다움은 그대가 볼 수 있는 모습도 아니고 그대가 들을 수 있는 노래도 아니다.

그보다 그대가 눈을 감아도 보이는 모습이고 귀를 막아도 들리는 노래다.

아름다움은 주름진 나무껍질 속의 수액도 아니고, 갈고리로 붙인 날개도 아니다.

그보다 영원히 꽃이 핀 정원이고 언제나 날아다니는 천사의 무리다.

• • •

오르팰리스 시민들이여, 아름다움이란 생명이 베일을 벗고
자신의 성스러운 얼굴을 드러낼 때의 바로 그 생명이다.

그러나 그대들이 곧 생명이고 그 베일이다.

아름다움은 거울 속 자신의 모습을 응시하는 영원이다.

그러나 그대들이 곧 영원이며 그 거울이다.

종교에 대하여

On Religion

이번에는 연로한 사제가 말했다. '우리에게 종교에 대해 말씀해 주십시오.'

그가 말했다.

내가 오늘 종교 말고 다른 무엇을 말했던가.

모든 행위, 모든 사색이 종교 아닌가.

행위도 사색도 아니지만 손으로 돌을 쪼고 베틀로 옷감을 짜는 동안에도 영혼에서 솟아나는 경이로움과 놀라움, 그 또한 종교 아닌가.

그 누가 자기 행위에서 신앙을, 자기 일에서 믿음을 떼어 낼 수 있단 말인가.

그 누가 자기 시간을 앞에 펼쳐 놓고 말할 수 있겠는가. '이것은 신을 위한 시간이고 이것은 나를 위한 시간이다. 이것은 나의 영혼을 위한 시간이고 이것은 나의 몸을 위한 시간이다'라고.

그대의 모든 시간은 자아에서 자아로 허공을 치며 날아가는 날개다.

• • •

도덕을 가장 좋은 옷처럼 입은 자는 차라리 벌거벗은 게 낫다.

바람과 태양이 그의 살갗에 구멍을 내지는 않으리라.

자기 행위를 윤리의 감옥에 가두는 자는 노래하는 새를 새장 안에 가두는 것이다.

가장 자유로운 노래는 빗장과 철망을 지나서 나오지 않는다.

예배 드리는 것이 열었다 닫았다 하는 창문인 자는 아직 자기 영혼의 집을 방문하지 않은 것이다. 새벽에서 새벽까지 열린 창이 있는 그 영혼의 집을.

. . .

그대 나날의 삶이 그대의 사원이며 그대의 종교다.

그대 그 사원에 들어갈 때마다 그대의 모든 것을 가지고 들어
가라.

쟁기와 풀무와 북채와 현악기,

필요해서 만든 것도 즐기기 위해서 만든 것도 가지고 들어
가라.

그대는 꿈속에서도 그대가 이룬 것 이상으로 올라갈 수 없고,
그대가 실패한 것 이하로 내려갈 수도 없기 때문이다.

그리고 그대는 모든 이들과 함께 들어가라.

아무리 예찬해도 그들의 희망보다 높이 날 수 없고, 그들의
절망보다 그대 자신을 낮출 수는 없기 때문이다.

. . .

그대가 신을 알고자 한다면 수수께끼를 푸는 자가 되려고 하지 마라.

그보다 그대 주위를 돌아보라. 그러면 그대는 신이 그대의 아이들과 노는 것을 보리라.

또 허공을 바라보라. 그러면 그대는 구름 속을 걷고, 번개 속에 팔을 뻗고, 비를 타고 내려오는 신의 모습을 보리라.

그대는 꽃들 속에서 미소 짓고, 나무 사이에서 손 흔드는 신을 보리라.

죽음에 대하여

On Death

알미트라가 말했다. '우리는 죽음에 대해 여쭙고자 합니다.'

그가 대답했다.

그대는 죽음의 비밀을 알고 싶어 한다.

그러나 그대가 어떻게 그것을 발견할 것인가. 삶의 한가운데서 죽음을 찾지 않는다면.

밤눈이 밝은 올빼미는 낮에는 눈이 멀어 빛의 신비를 밝힐 수 없다.

그대 진실로 죽음의 참뜻을 알고 싶다면 삶의 몸통을 향해 그대 가슴을 활짝 열어라.

강과 바다가 하나이듯 삶과 죽음도 하나이기 때문이다.

· · ·

그대 희망과 욕망의 저 깊은 곳에 저 너머 세계에 대한 지혜
가 침묵하며 누워 있다.

눈 밑에서 꿈꾸는 씨앗들처럼 그대 가슴은 봄을 꿈꾼다.

그 꿈을 믿어라. 그 꿈속에 영원의 문이 숨어 있기 때문이다.

· · ·

죽음에 대한 두려움은 왕의 손길이 영광스럽게 그의 위에 놓
일 때, 왕 앞에 선 양치기의 떨림과 같은 것이다.

그 양치기는 떨면서도 즐겁지 않겠는가. 왕의 주목을 받는
것이.

하지만 양치기는 자기가 떠는 것에 더 신경 쓰이지 않겠는가.

· · ·

죽는다는 것은 무엇인가. 바람 속에 알몸으로 섰다가 태양 속으로 사라지는 것이 아니라면.

숨이 멎는다는 것은 무엇인가. 쉼 없는 들숨과 날숨에서 자유로워지는 것이 아니라면. 그리하여 숨이 높아지고 넓어져 아무 방해 없이 신을 찾아가는 것이 아니라면.

• • •

그대는 오직 침묵의 강물을 마실 때 진정으로 노래할 수 있으리라.

또 산꼭대기에 이르렀을 때, 비로소 그대는 오르기 시작하리라.

대지가 그대의 팔다리를 가져갈 때, 비로소 그대는 진정으로 춤추리라.

작별

The Farewell

이제 저녁이 되었다.

여자 예언자 알미트라가 말했다.

오늘과 이 장소 그리고 지금까지 말씀하신 당신의 영혼에 축복이 있기를.

그러자 그가 대답했다. 말하는 자가 나였는가.

나 역시 듣는 자가 아니던가.

* * *

그리고 나서 그가 사원의 계단을 내려가자 모든 시민들이 그를 따랐다.

그는 자신의 배에 이르러 갑판 위에 섰다.

그리고 다시 시민들을 향해 소리 높여 말했다.

오르팰리스 시민들이여, 바람이 나를 그대들에게서 떠나라고 말한다.

나는 바람보다 급하지 않지만 그래도 가야 한다.

언제나 고독한 길을 찾는 우리 방랑자들은 하루를 끝낸 곳에서 하루를 시작하지 않는다. 그리하여 어떤 새벽도 우리가 떠난 해 지는 곳에서 우리를 발견하지 못한다.

대지가 잠든 동안에도 우리는 여행한다.

우리는 생명력이 끈질긴 나무의 씨앗이다. 우리가 무르익고 가슴까지 가득 차면 우리는 바람에 내맡겨 흩어진다.

· · ·

그대들 속에서 지낸 나의 날들은 짧았고, 내가 한 말은 더욱 짧았다.

그러나 내 목소리가 그대들 귀에서 희미해지고, 내 사랑이 그대들 기억에서 사라지면 그때 내가 다시 오리라.

더 풍요로운 가슴과 더 순종하는 영혼의 입술로 말하리라.

그렇다. 나는 저 물결의 흐름을 타고 돌아오리라.

비록 죽음이 나를 감추고 더 큰 침묵이 나를 껴안을지라도, 나는 또다시 그대들의 깨달음을 추구하리라.

또 나의 추구는 헛되지 않으리라.

어떻든 내가 말한 것이 진리라면, 그 진리는 더 선명한 목소리로, 그대들 생각에 더 가까운 말로 자신을 드러내리라.

・・・

나는 바람과 함께 간다. 오르팰리스 시민들이여, 그러나 허공으로 떨어지는 것은 아니다.

그리고 오늘 그대들의 바람과 나의 사랑이 이루어지지 않았다면 다른 날을 기약하자.

인간의 바람은 변하지만, 사랑은 변하지 않고, 사랑이 그들의 바람을 채워 주기 바라는 욕망도 변하지 않는다.

그러므로 알라. 내가 더 큰 침묵에서 돌아오리라는 것을.

들판에 이슬을 남겨 놓고 새벽을 떠도는 안개는 올라가 구름으로 모이고 그런 다음 비가 되어 내린다.

나도 안개와 다름없다.

밤의 고요 속에서 나는 그대들의 거리를 걸었다. 내 영혼은 그대들의 집으로 들어갔다.

그대들의 심장은 내 가슴속에서 뛰었고, 그대들의 숨은 내 얼굴에 닿았다. 그리하여 나는 그대들을 다 알았다.

그렇다. 그대들의 즐거움과 고통을 알았고, 그대들 잠 속의 꿈은 나의 꿈이 되었다.

때로 나는 그대들 사이에서 산에 둘러싸인 호수였다.

나는 그대들 속에 있는 산꼭대기와 구부러진 비탈길을 비추었다. 심지어 무리 지어 가는 그대들의 생각과 욕망까지.

그리하여 내 침묵 속으로 그대 아이들 웃음소리가 시냇물처럼 흘러왔고, 그대 젊은이들의 갈망이 강물처럼 밀려왔다.

그 시냇물과 강물이 내 깊은 곳에 이르렀을 때도 그들은 노래하기를 그치지 않았다.

* * *

그러나 웃음보다 달콤한 고요와 갈망보다 위대한 것이 내게로 왔다.

그것은 그대들 안에 있는 무한이었다.

그 거대한 인간 안에서 그대의 모든 것은 세포와 힘줄일 뿐이다.

그 안에서 그대가 부르는 모든 노래는 소리 없는 맥박일 뿐이다.

그 거대한 인간 안에 거대한 그대가 있다.

그 거대한 인간을 바라봄으로써 나는 그대를 바라보았고 그대를 사랑했다.

하늘이 드넓다 해도 사랑이 미치지 못할 만큼 먼 거리가 어디 있겠는가.

어떤 환상이, 어떤 기대가, 어떤 추측이 사랑보다 높이 날 수 있을 것인가.

사과 꽃으로 덮인 거대한 떡갈나무처럼 거대한 인간이 그대 안에 있다.

그 거대한 인간의 힘이 그대를 대지에 묶어 놓으며, 그의 향기가 그 대를 우주로 끌어올린다. 그리고 그의 영원 속에서 그대는 영원히 죽지 않는다.

• • •

그대는 들었다. 그대는 쇠사슬에서 가장 약한 고리처럼 연약하다고.

그 말은 절반만 진실이다. 그대는 사슬의 가장 강한 고리처럼 강하기도 하다.

가장 사소한 행위로 그대를 재려는 것은 덧없는 물거품으로 바다의 힘을 헤아리는 것과 같다.

그대의 실패로 그대를 판단하는 것은 변한다고 계절을 비난하는 것과 같다.

• • •

그렇다. 그대는 바다와 같다.

비록 바닥에 무겁게 앉은 배가 그대의 해안에서 밀물을 기다리더라도, 바다처럼 그대는 밀물을 재촉할 수 없다.

또 그대는 계절과 같다.

겨울에 그대가 봄을 부정할지라도,

그대 안에서 휴식하는 봄은 나른함에 미소 지으며 화내지 않는다.

· · ·

생각하지 마라. 내가 이렇게 말하는 것이 그대들에게 서로 '그는 우리를 좋은 말로 칭찬했다. 그는 우리의 좋은 것만 봤다'고 말하게 하기 위해서라고.

나는 단지 그대들에게 말했을 뿐이다. 그대들이 스스로 생각해서 아는 것을.

말로 표현한 지식이란 무엇인가. 말 없는 지식의 그림자가 아니라면.

그대들의 생각과 나의 말은 봉인된 기억에서 나오는 물결이다. 우리의 어제가 기록된 기억인,

대지가 우리도 모르고 자신도 모르던 오래전 낮이 기록된 기억인,

대지가 혼돈으로 어지럽던 밤이 기록된 기억인.

· · ·

지혜로운 자들이 그들의 지혜를 주기 위해 그대에게 왔었다.

나는 그대의 지혜를 빼앗으러 왔다.

보라, 나는 지혜보다 위대한 것을 발견했다.

그것은 그대 안에 있는 영혼의 불꽃이다. 언제나 스스로 더 타오르는.

그대가 영혼의 불꽃이 퍼져 가는 것에는 관심이 없고, 그대의 날들이 시들어가는 것을 슬퍼하는 동안.

육신의 삶만 추구하는 삶은 무덤을 두려워한다.

· · ·

이곳에 무덤은 없다.

이 산과 풀밭은 요람이고 디딤돌이다.

그대가 조상들이 누운 들판을 지나갈 때는 언제나 그 위를 살펴보라. 그러면 그대 자신과 그대 아이들이 손에 손잡고 춤추는 것을 보게 되리라.

진실로 그대는 모르면서도 즐거워하는 때가 자주 있다.

· · ·

다른 이들도 그대에게 왔었다. 그대는 황금 같은 약속을 믿고 부와 권력과 영광을 바쳤다.

내가 준 것은 하나의 약속보다 못하지만 그대들은 나에게 더욱 관대했다.

그대는 삶 이후에 대한 더 깊은 목마름을 내게 주었다.

분명 한 인간에게 더 큰 선물은 없다. 그의 모든 목적을 갈증 나는 입술로 바꾸고 모든 삶을 샘물로 바꾸는 것보다.

그리고 여기에 나의 명예와 보상이 있으니,

그것은 내가 그 샘물을 마시러 올 때면 언제나 그 살아 있는 샘물 자신도 목말라하는 것을 발견한다.

그리하여 내가 그 샘물을 마시는 동안 그 샘물은 나를 마신다.

· · ·

　그대들 중 어떤 이는 나를 자존심이 강하고 선물 받는 것을 지나치게 부끄러워하는 자로 간주했다.

　정말로 나는 보수를 받기에는 자존심이 강했으나 선물은 아니었다.

　그대들이 내게 그대들의 식탁에 앉으라고 했을 때, 내 비록 언덕 사이에서 딸기를 따 먹었지만,

　그대들이 내게 기꺼이 잠자리를 마련해 주었을 때, 내 비록 사원의 문간에서 잤지만,

　내 입에 들어가는 음식을 달콤하게 만들고 나의 잠을 환상으로 감싼 것은 나의 낮과 밤에 대한 그대들의 애정 어린 염려가 아니었는가.

· · ·

　이에 대해 나는 그대들을 지극히 축복한다.

　그대들은 많은 것을 주지만 그대들이 주는 줄 전혀 모른다.

　사실 친절은 스스로 거울에 비춰 보면 돌로 변한다.

　자신을 그럴듯하게 부르기 위한 선행은 재앙의 어머니가 된다.

· · ·

　그대들 중 어떤 이는 내가 나 자신의 고독에 취해 멀리 떨어져 있다고 나를 불렀다.

그대들은 말했다. '그는 숲의 나무들과는 회의를 해도 사람들과는 아니다.

그는 언덕 위에 홀로 앉아 우리 도시를 내려다본다.'

내가 언덕을 오르고 먼 곳을 거닌 것은 사실이다.

그렇게 높이, 그렇게 멀리 거리를 두지 않았다면 내가 어떻게 그대들을 볼 수 있었겠는가.

떨어지지 않고 어떻게 진실로 가까울 수 있는가.

• • •

그대들 중에서 어떤 이는 말로는 아니지만 나에게 말했다. '이방인이여, 그대 이방인이여, 닿을 수 없이 높은 곳을 사랑하는 이여, 그대는 왜 독수리가 둥지를 트는 산꼭대기에 사는가.

그대는 왜 도달하기 어려운 것을 추구하는가.

그대는 어떤 폭풍을 그대 그물로 잡으려 하는가.

어떤 환상의 새를 하늘에서 사냥하려 하는가.

오라, 그리하여 우리의 일원이 돼라.

내려와 우리의 빵으로 그대의 허기를 달래고 우리의 포도주로 그대의 목마름을 적셔라.'

영혼의 고독 속에서 그들은 그렇게 말했다.

그러나 그들의 고독이 더 깊었다면 알았으리라. 내가 그들의 기쁨과 아픔의 비밀을 찾고 있었음을.

그리고 내가 그들의 하늘을 걷는 더 큰 자아를 사냥하고 있었음을.

• • •

그러나 사냥꾼은 또한 사냥감이었다.

내 활을 떠난 많은 화살은 오직 나 자신의 가슴을 찾아 떠났다.

나는 자는 또한 기는 자였다.

태양 속에서 내 날개가 펼쳐졌을 때 대지 위의 그 그림자는 거북이었기 때문이다.

나는 믿는 자였고 또한 의심하는 자였다.

나는 종종 내 상처에 손을 대야 했는데, 그것은 그대들을 더 믿고 더 이해하려고 했기 때문이다.

• • •

그리하여 이 믿음과 이 이해로 나는 말한다.

그대들은 그대 육신에 싸여 있지도 않고, 집과 들판에 갇혀 있지도 않다.

산 위에 살고 바람과 함께 헤매는 그대가 그것이다.

그것은 따뜻하기 위해 태양 속으로 기어들지 않고 안전하기 위해 어둠 속에 굴을 파지도 않는다.

자유로운 그것은 대지를 감싸고 대기 속에서 움직이는 영혼이다.

• • •

이 말이 비록 모호할지라도 그것들을 분명하게 하려고 하지 마라.

모호하고 애매한 것은 모든 것의 끝이 아니라 시작이다.

그리하여 나는 기꺼이 바란다. 그대들이 나를 시작으로 기억하기를.

생명, 살아 있는 모든 것은 투명한 것 속이 아니라 안개 속에서 잉태된다.

누가 아는가. 투명한 것은 다만 쇠한 안개임을.

• • •

나를 기억하려 할 때 나는 그대로 하여금 이것을 기억하게 하리라.

그대 안에서 가장 약해 보이고 가장 어리둥절한 것이 가장 강한 것이고 가장 확실한 것임을.

그대의 숨이 아닌가. 그대의 뼈대를 세우고 단단하게 하는 것은.

또 꿈이 아닌가. 그대들의 도시를 세우고 그 안에 있는 모든 것을 만들어 낸 것은 그대들이 아무도 기억하지 못하는 이가 꾼 꿈이 아닌가.

그 숨의 흐름을 볼 수 있었다면 그대가 다른 것을 보지 않았으리라.

그 꿈의 속삭임을 들을 수 있었다면 그대가 다른 소리를 듣지 않았으리라.

. . .

그러나 그대는 보지도 않고 듣지도 않는다. 그래도 괜찮다.

그대 눈을 흐리게 덮은 베일은 그것을 짠 손이 벗기리라.

또 그대의 귀를 가득 메운 진흙은 그것을 반죽한 손가락이 뚫어 주리라.

그러면 그대는 보게 되리라.

또 듣게 되리라.

하지만 그대는 분별이 없었음을 알게 된 것을 한탄하지 않고, 귀머거리였음을 후회하지도 않으리라.

그날에 그대는 모든 것들에 숨은 목적이 있음을 알게 될 것이기 때문이다.

또 그대는 빛을 축복하듯이 어둠을 축복하리라.

. . .

그렇게 말한 뒤 그는 자기 주위를 둘러보았다. 그리고 그가 타고 갈 배의 키잡이가 타륜 곁에 서서 바람을 가득 안은 돛을 보다가 먼 곳을 응시하는 것을 보았다.

그가 말했다.

참을성이 있는 내 배의 선장은 참을 만큼 참았다.

바람이 불고 돛은 펄럭인다.

키도 명령을 기다린다.

하지만 나의 선장은 말없이 내가 잠잠하기를 기다린다.

바다의 더 큰 합창 소리를 듣던 나의 선원들도 참을성 있게 나의 말을 들어주었다.

이제 그들도 기다리지 않으리라.

나는 준비되었다.

개울물이 바다에 이르렀다. 한 번 더 위대한 어머니가 자신의 아들을 가슴에 껴안는다.

· · ·

잘 있거라, 오르펠리스 시민들이여.

오늘은 끝났다.

수련이 내일을 위해 꽃잎을 닫듯이 이날도 우리 위에서 닫는다.

이곳에서 우리에게 주어진 것을 우리는 간직하리라.

그것으로 만족하지 못한다면 우리는 다시 함께 와야 하리라. 그리고 주시는 이를 향해 함께 손을 내밀어야 하리라.

잊지 마라, 내가 그대에게 돌아오리라는 것을.

잠시 후에, 나의 갈망은 먼지와 거품을 모아 또 다른 몸을 만들리라.

잠시 후에, 바람 위에서 잠시 쉬는 동안, 또 다른 여인이 나를 낳으리라.

···

잘 있어라, 그대들이여. 그리고 그대와 함께한 내 청춘이여.

우리가 꿈속에서 만난 것은 어제일 뿐이다.

그대들은 내가 외로울 때 내게 노래를 불러 줬고, 나는 그대들의 열망으로 하늘에 탑을 세웠다.

그러나 이제 우리의 잠은 사라졌고 우리의 꿈은 끝났다. 더는 새벽이 아니다.

한낮이 되었고 반쯤 깬 우리의 잠도 완전히 깨었다. 우리는 헤어져야 한다.

우리가 기억의 여명 속에서 다시 만난다면 우리는 다시 함께 이야기를 나누리라. 그리고 그대들은 내게 더 깊은 노래를 불러 주리라.

우리가 또 다른 꿈속에서 손을 잡는다면, 우리는 하늘에 또 다른 탑을 세우리라.

···

이렇게 말하며 그는 뱃사람들에게 신호를 보냈다. 그들은 곧바로 닻을 올리고 정박했던 밧줄을 풀어 동쪽으로 움직였다.

하나의 가슴에서 나오는 것처럼 시민들은 큰 소리로 외쳤다. 그 외침은 황혼 녘으로 올라가 커다란 나팔 소리처럼 바다 위로 울려 퍼졌다.

알마트라만이 말없이, 안개 속으로 사라질 때까지 배를 응시했다.

시민들이 모두 흩어졌을 때도 그녀는 홀로 바닷가에 서 있었다. 가슴속에 그가 말한 것을 기억하면서.

• • •

'잠시 후에, 바람 위에서 잠시 쉬는 동안, 또 다른 여인이 나를 낳으리라.'

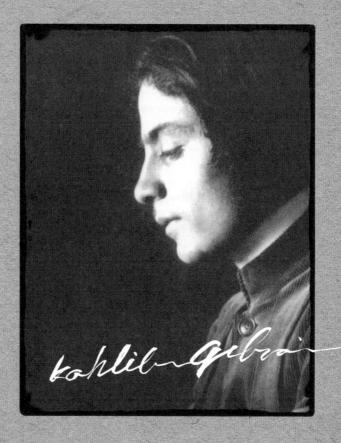

칼릴 지브란
Kahlil Gibran, 1883~1931

시인의 생애와
작품 세계

1883년 레바논 북부에 있는 브샤리에서 태어나 12세 때인 1895년 미국으로 이민했다. 브샤리 마을은 로마가톨릭교회 일파인 마론파 신자들이 모여 사는 곳으로, 그의 외할아버지가 성직자다. 집이 가난해서 정규교육을 받을 수 없었으나, 성직자들에게 정기적으로 아랍어와 시리아어로 기록된 성서를 배웠다.

당시 그 지역을 통치한 터키 정부의 지방 관리로 일하던 아버지가 업무상 실수로 1891년 전 재산을 몰수당하고 감옥에 가자, 어머니는 미국 이민을 결정했다. 아버지는 1894년에 풀려났지만, 어머니는 이듬해 4남매만 데리고 미국으로 떠나 보스턴에 정착했다.

보스턴에서 이민자를 위한 영어 학습 과정과 예술 학교에 다니다가, 16세 때인 1899년 어머니 뜻에 따라 레바논으로 돌아가 베이루트에 있는 학교에서 공부했다. 당시 아버지를 따라 전국을 여행하며 그림을 그리기도 했다. 1902년 보스턴으로 돌아오기 2주 전에, 여동생 술타나가 결핵에 걸려 14세 나이로 세상을 떠났다. 이듬해에는 형이

결핵으로, 어머니가 암으로 사망했다. 가족의 잇단 죽음을 겪은 뒤 그림과 저작 활동에 몰두했다.

1908년 파리에서 조각가 오귀스트 로댕을 만나 3년 동안 그림을 공부했다. 같은 해 파리에서 아랍어로 쓴 『반항하는 영혼Spirits Rebellious』을 출간했다. 이 작품은 인간이 만든 사회의 법이나 교회의 제도화된 법은 개인의 자아 확립을 위한 발전을 방해하기 때문에 부패한 것이라는 주장을 담아, 출간되자마자 베이루트 중심가에서 불타고 말았다. 마론파 가톨릭교회는 그를 파문했고, 터키제국은 그를 레바논에서 추방했다.

두 번째 작품은 1912년에 출간한 『부러진 날개The Broken Wings』다. 레바논에서 공부할 때 만난 첫사랑 할라 다헤르에 관한 자전적 소설이며, 영화로 만들어졌다. 1914년 출간한 시집 『눈물과 미소A Tear and a Smile』는 인간 존재의 핵심 요소를 기쁨과 고통으로 본 작품이다. 같은 해 뉴욕 몽트로스 갤러리에서 전시회를 열어 언론의 호평과 혹평을 동시에 받았으며, 1917년 뉴욕 노들러 갤러리 전시회를 통해 화가로 인정받기 시작했다.

1918년 출간한 시집 『행렬The Procession』은 명상의 결과를 총 정리한 작품이며, 젊은이와 노인의 대화로 구성했다. 인간의 선한 본성을 해치는 문명을 비판하고 자연을 예찬한다. 그해에 영어로 쓴 첫 작품 『광인The Madman』도 출간했다. 니체의 영향이 깊게 드리운 작품으로, '타락한 영혼들의 어떤 신'이라는 이름으로 자행되는 위선적 형태를 다시 한 번 단죄한다.

1920년 출간한 『선구자The Forerunner』에는 신비롭고 완숙한 철학자의 면모가 드러난다. 그리고 40세가 되던 1923년에 『예언자The Prophet』를 출간했다. 1930년 생전에 나온 마지막 책 『대지의 신들The Earth Gods』을 출간했다. 48세 때인 1931년 4월 10일, 뉴욕에서 결핵과 간경화증이 악화되어 사망했다.

아랍어로 쓴 초기 작품은 모든 아랍권에 널리 알려져 '지브라니즘

Gibranism'이라는 용어가 생겼다. 20세 무렵부터 영어로 작품을 쓰기 시작해서 20년 동안 세 번 고쳐 쓴 작품이 산문시집 『예언자』다. 깊은 통찰과 지혜로 현대인이 느끼는 삶의 전반적 문제에 해답을 제시한 『예언자』는 20세기 영어로 출간된 책 가운데 성서 다음으로 많이 팔릴 만큼 사랑받으며, '제2의 성서'라 불린다.

예언자

Kahlil Gibran

펴낸날 | 초판 1쇄 2015년 10월 26일

만들어 펴낸이 | 정우진 강진영 김지영

펴낸곳 | 도서출판 토닥

디자인 | 홍시 happyfish70@hanmail.net

등록 | 제22-243호(2000년 9월 18일)

주소 | 서울시 마포구 신수동 448-6 한국출판협동조합

편집부 | 02-3272-8863

영업부 | 02-3272-8865

팩스 | 02-717-7725

이메일 | bullsbook@hanmail.net

ISBN | 979-11-86821-00-8 03840

토닥은 도서출판 황소걸음에서 마음을 위로하는 책을 펴내는 브랜드입니다.